Die beiden haben aber auch ein Geheimnis:
Mit ihren Miraculous
verwandeln sie sich in die Superhelden
Ladybug und **Cat Noir**.

Die Kwamis **Tikki** und **Plagg**
sind immer an ihrer Seite.

Der böse Superschurke
Hawk Moth
will die Miraculous
von Ladybug und
Cat Noir haben.

Mit seinen Akumas
verwandelt er
normale Menschen
in Schurken:
Er akumatisiert sie.

Das Erstlesebuch

Der zerrissene Traum

Anne Scheller

Ravensburger

1 3 5 4 2

Postfach 2460, 88194 Ravensburg

Text: Anne Scheller
Gestaltung: Antje Warnecke, nordendesign.de

Printed in Germany
ISBN 978-3-473-49823-9
ravensburger.com/service

FSC www.fsc.org MIX Papier | Fördert gute Waldnutzung FSC® C111262

INHALT

Auf der letzten Seite werden **schwierige Wörter** erklärt.

Marinette hat einen Plan

Marinette ist in der Schule.
Sie hat eine Stunde frei
und will in den Kunstraum.
Unterwegs trifft sie Marc.
Er schreibt Geschichten.

Marinette sagt:
„Hey, Marc, wie geht's dir?"
Marc antwortet:
„Hey, Marinette!
Ich habe schon Schulschluss."

Marinette lächelt Marc an.
„Dann komm doch mal
in den Kunstraum.
Ich würde so gern lesen,
was du geschrieben hast."
Marc stammelt:
„Ja … ich weiß nicht …
vielleicht."

Im Kunstraum arbeitet Marinette
an einem schicken Hut.
Da steht Marc in der Tür.
„Ich wollte nicht stören …“,
sagt er schüchtern.

Der Lehrer sagt freundlich:
„Willkommen im Raum 33!
Du störst hier überhaupt nicht.
Du kannst jederzeit herkommen
und **kreativ** sein.“

Nun lernt Marc
die anderen kennen.
Alix sprüht Bilder
an eine Wand.

Nathaniel malt Comics
mit Superhelden.

Sogar Chloé und
Sabrina tauchen auf.
Chloé glaubt,
sie kann alles besser.
Aber die anderen
lachen nur darüber.

Marc geht zu Nathaniel.
Er sagt:
„Ich habe deine Comics
im Internet gesehen.
Aber in echt
sind sie noch viel besser!“

Chloé spottet:
„Nathaniel malt immer nur Ladybug.
Als ob Ladybug sich für einen
wie ihn interessieren würde!“

Nathaniel wird rot.
Er ist ein Riesenfan von Ladybug!

Der Lehrer sagt zu Marc:
„Du kommst genau richtig.
Du schreibst ganz viel
und Nathaniel sucht einen **Autor**
für seine Comics.“

„Ich? Ein Autor? O nein!
Ich kann so was nicht …“
Marc wird ganz aufgeregt
und rennt davon.
Unterwegs verliert er
sein Buch mit Geschichten.

Marinette ist so neugierig!
Sie liest Marcs Geschichten.
Sie sind einfach toll und
passen perfekt zu Nathaniels Comics!

Marinette findet Marc und sagt:
„Ich habe eine Idee.
Ich gebe dein Buch Nathaniel.
Wir sagen aber erst mal nicht,
wer es geschrieben hat.
Wenn er es mag,
könnt ihr euch zusammentun!“

Marc ist sehr unsicher.
Er glaubt nicht,
dass jemand seine Geschichten mag.
Aber schließlich traut er sich doch
und stimmt zu.

Frage

Woran arbeitet Marinette
im Kunstraum?

a) an einem schwarzen Hai
b) an einem schicken Hut
c) an einer schönen Hütte

Antwort: b) an einem schicken Hut

Der Plan geht schief

Marinette bringt Marcs Buch
zu Nathaniel.
Er liest die Überschrift:
Tagebuch von Ladybug.

Nathaniel flüstert:
„Wow! Ist das wirklich echt?“

Begeistert liest er weiter.
Er liebt die Geschichten!

Marinette fragt:
„Möchtest du die Person treffen,
die das Buch geschrieben hat?“

Nathaniel fragt zurück:
„Ist es die,
für die ich sie halte?“

Marinette verrät Marcs Namen
noch nicht.
Sie sagt nur:
„Komm nachher
zum Brunnen vor meinem Haus.
Du wirst nicht enttäuscht sein.“

Am Nachmittag beobachten Marinette und Tikki den Brunnen. Marinette sagt:
„Das **Finale** der **Operation** Comic hat begonnen."

Tikki kichert und sagt:
„Das wird noch viel schöner als im Märchen!"

Nathaniel kommt zum Brunnen.
Dort sitzt jemand mit Kapuze.
Nathaniel fragt gespannt:
„Ladybug?“

Doch es ist Marc.
„Hä? Natürlich nicht.
Ich bin es, Marc!
Hat Marinette das nicht gesagt?“

Nathaniel ist total enttäuscht.
Er wollte Ladybug treffen!
Er ruft:
„Ihr wolltet mich wohl
austricksen, was?“

Marc stammelt: „Nein!
Ich würde nur gern
einen Comic mit dir machen.“

Nathaniel schreit:
„Einen Comic?
Wir beide? Zusammen?
Niemals!“

Voller Wut reißt er ein paar Seiten
aus Marcs Tagebuch von Ladybug.
Er schmeißt alles auf den Boden
und geht davon.

Marc bleibt allein.
Er ist sehr traurig!

Frage

Wen wollte Nathaniel
gern am Brunnen treffen?

a) Marc

b) Marinette

c) Ladybug

Antwort: c) Ladybug

Verkehrte Welt

Hawk Moth hat
in seinem dunklen Versteck
alles beobachtet.
Er schickt
einen schwarzen Schmetterling zu Marc.

Hawk Moth murmelt:
„Eine zarte Freundschaft,
brutal zerrissen.
Flieg los, mein Akuma,
und verwandle ihn!“
Der Akuma erreicht Marc.

Hawk Moth spricht zu Marc:
„Reverser, ich bin Hawk Moth.
Du wurdest beschuldigt,
dass du dich als jemand anderes
ausgegeben hast.
Von jetzt an
wird niemand mehr so sein,
wie er oder sie war!“

Hawk Moth erklärt weiter:
„Ich gebe dir die Macht,
alle ins Gegenteil zu verkehren.
Die Starken werden schwach,
die Mutigen werden feige
und die Netten werden gemein!

Dafür musst du mir etwas bringen:
die Miraculous
von Ladybug und Cat Noir!“

Marc sieht auf einmal sehr böse aus.
Er verspricht:
„Nichts wird mehr so sein,
wie es war, Hawk Moth.“

Der Junge verwandelt sich
in einen Schurken.
Er ist jetzt Reverser!

Frage

In was kann Reverser andere verwandeln?

a) ins Gegenteil

b) in Giraffen

c) in Güterzüge

Antwort: a) ins Gegenteil

Aus Ladybug wird Ladytollpatsch

Marinette rennt zum Brunnen.

Sie ruft:

„Marc, was ist passiert?“

Marc erwidert:
„Ich bin nicht mehr Marc.
Ich bin Reverser.
Und du bist schuld daran!
Du denkst,
dass alle dich mögen?
Von nun an
werden dich alle ablehnen!“

Reverser holt
einen schwarz-weißen Flieger
aus Papier hervor.
Er wirft ihn auf Marinette
und schreit:
„Umkehrung!“

Marinette duckt sich.
Der Flieger trifft einen Mann,
der Tauben füttert.
Jetzt fliegen die Tauben
auf einmal vor ihm weg!

Marinette wundert sich:
„Was ist bei der Operation Comic
nur schiefgelaufen?
Finden wir es heraus!“

Marinette versteckt sich und ruft:
„Tikki, verwandle mich!
Jaaaa!“

Ladybug verfolgt Reverser
durch die Stadt.
Sie stoppt ihn mit ihrem Jo-Jo
und ruft:
„Halt, Reverser!
Wir müssen nicht kämpfen!
Gib auf!“

Reverser spottet:
„Du redest zu viel.
Umkehrung!“

Er wirft
einen Papierflieger
nach dem anderen.
Ladybug duckt sich.

Sie springt hin und her.
Aber Reverser
hält ihr Jo-Jo fest!

Reverser fliegt einfach los
und zerrt Ladybug mit sich.
Immer wieder wirft er
mit Papierfliegern auf sie.
Sie weicht aus.

Der Bösewicht trifft
einen Radfahrer.
Auf einmal kann der Mann
nicht mehr richtig Fahrrad fahren.
Er verliert die Kontrolle
und stürzt in den Fluss!
Im letzten Moment
kann Ladybug ihn retten.

Genau da erwischt Reverser sie
mit einem Papierflieger.
Ladybug ist nun nicht mehr
schnell und geschickt,
sondern total **tollpatschig**.

BOING!
Sie trifft sich selbst mit dem Jo-Jo.

PLUMPS!

Sie stolpert und fällt hin.

Frage

Womit verwandelt Reverser seine Gegner?

a) mit Miraculous

b) mit Lichtblitzen

c) mit Papierfliegern

Antwort: c) mit Papierfliegern

Die Angstkatze

Hawk Moth spricht zu Reverser.
„Ladybug ist geschwächt.
Hol ihre Miraculous,
die Ohrstecker!“

Und Ladybug kann sich nicht wehren!

Da erscheint Cat Noir
und stellt sich vor Ladybug.
Er sagt zu Reverser:
„Super Kostüm.
Schade, dass es nicht halten wird!“

Reverser lacht und ruft:
„Du hältst dich wohl
für mutig, Cat Noir!
Aus Katze wird Angsthase …
Umkehrung!“

Ein Papierflieger trifft Cat Noir.
Plötzlich zittert er vor Angst.
Er traut sich kaum,
einen Schritt zu machen.

Schnell springt er
in Ladybugs Arme.
Sie taumelt.
PLUMPS!
Die beiden stürzen in den Fluss
und Reverser fliegt davon.

Reverser fliegt zur Schule
und in den Kunstraum.
„Wo sind Nathaniel
und Marinette?“,
fragt er böse.

Der Lehrer lobt ihn:
„Das ist wirklich
ein kreatives Kostüm!
Möchtest du bei uns mitmachen?“

Reverser tobt:
„Ich will Nathaniel und Marinette!“
Papierflieger zischen durch die Luft.
Im Kunstraum bricht Chaos aus.

Reverser fliegt weiter.
In der Stadt hält der Bürgermeister
gerade eine Rede.
Er will den Müll von Paris
in den Weltraum schießen!

Reverser wandelt ihn um.
Jetzt holt der Bürgermeister
die riesigen Mülltonnen zurück.
Bald werden sie auf die Stadt stürzen!
Paris ist in Gefahr!

Ladybug und Cat Noir
haben es aus dem Fluss geschafft.
Cat Noir wickelt sich
in eine warme Decke.

Ladybug will Reverser aufhalten.
Cat Noir jammert:
„Ich möchte nicht
gegen diesen bösen Kerl kämpfen.
Und dann auch noch diese Treppe!
Die Stufen sind so hoch.
Mir wird schwindelig!“

Ladybug ermutigt ihn:
„Komm schon, Miezekatze!
Alles wird …“
PLUMPS!
Sie fällt schon wieder hin.
So können sie Paris niemals retten!

Frage

Was hat Cat Noir?

a) Angst
b) Langeweile
c) Schnupfen

Antwort: a) Angst

Gemeinsam stark

Ladybug und Cat Noir
suchen Nathaniel.
Er ist mit Alix im Museum
und malt Bilder ab.

Ladybug ruft:
„Nathaniel, wir brauchen dich!"
PLUMPS!

In den Nachrichten sieht man:
Der Müll stürzt bald auf die Stadt.
Reverser muss den Bürgermeister
wieder umkehren,
damit er alles stoppt.

Doch Reverser fordert:
„Ladybug und Cat Noir
müssen Nathaniel und Marinette
zu mir bringen.
Außerdem verlange ich
ihre Miraculous!“

Nathaniel und Alix
wollen den Superhelden helfen.

Am Eiffelturm wartet Reverser auf sie.
Man sieht schon etwas am Himmel …
„Das sind die Mülltonnen!“,
ruft Ladybug.
„In ein paar Minuten
stürzen sie auf uns!“

Cat Noir zittert vor Angst.
Ladybug macht ihm Mut.
Er beruhigt sich ein wenig
und erkennt:
„Auch wenn unsere Fähigkeiten
auf dem Kopf stehen,
sind wir ein tolles Team.“

Ladybug schleudert ihr Jo-Jo.
„Glücksbringer!“, ruft sie.
Ein Bündel Stöcke aus **Bambus**
plumpst ihr in die Arme.

Ladybug hat eine Idee.
Sie ruft: „Reverser!
Cat Noir kommt jetzt zu dir.
Dafür verwandelst du
den Bürgermeister zurück.
Danach bekommst du
mein Miraculous und Nathaniel."

Doch Reverser will Nathaniel sofort.
Dann kann er ihn umkehren
und einen Comic mit ihm machen.

Cat Noir und Nathaniel
fahren mit dem Aufzug
auf den Eiffelturm.
Heimlich bauen sie
aus den Bambusstöcken
und Cat Noirs Kuscheldecke
einen großen Flugdrachen.
Damit fliegt Cat Noir auf Reverser zu.

Cat Noir hat auch das Jo-Jo dabei.
Er lässt es nach unten fallen.
Alix fängt es auf
und lenkt damit den Drachen.

Sie steuert Cat Noir ganz dicht
an Reverser heran.
Cat Noir ruft: „Kataklysmus!"
So zerstört er Reversers großen Flieger.

Doch Cat Noir, Reverser und
der Drachen stürzen ab.
„Aaaaah!“

Schnell ruft Ladybug:
„Miraculous Ladybug!“

Aus dem Drachen
werden Hunderte von Marienkäfern.
Reverser verwandelt sich wieder in Marc.
Cat Noir wird wieder mutig.
Er rettet sich und Marc aus der Luft.

Auch alle anderen Umkehrungen
werden rückgängig gemacht.
Ladybug ist nicht mehr tollpatschig.
Die Mülltonnen fallen nicht
auf die Erde.
Der Bürgermeister sieht ein:
Müll im Weltall ist gefährlich.

Mit ihrem Jo-Jo fängt Ladybug
den Akuma ein und sagt:
„Deine dunklen Zeiten sind vorbei.“

Sie verwandelt ihn
in einen weißen Schmetterling
und lässt ihn fliegen!

Marc und Nathaniel wissen jetzt,
dass alles ein Missverständnis war.
Sie wollen zusammenarbeiten!
„So ähnlich wie wir beide!“,
meint Cat Noir zu Ladybug.
Die Superhelden grinsen.
„Gut gemacht!“, rufen beide fröhlich.

Frage

Was bekommt Ladybug durch
„Glücksbringer“?

a) Badewanne
b) Bambusstöcke
c) Bauklötze

Antwort: b) Bambusstöcke

Schon gewusst?

Wer **kreativ** ist, hat viele gute Ideen.

Ein **Autor** oder eine **Autorin** schreiben Geschichten und andere Texte.

Ein **Finale** ist der letzte Teil von etwas und daher besonders spannend und wichtig.

Eine **Operation** ist ein anderes Wort für: schwieriges Vorhaben.

Eine **tollpatschige** Person ist ungeschickt und macht viele Fehler.

Bambus ist eine Pflanze mit langen, geraden und sehr festen Stängeln.